Ullstein

D1942103

Life is what happens
to you
while you are making
other plans

John Lennon

DAS BUCH

Die *Möwe Jonathan* – ein kleines klassisches Buch-Kunstwerk wie einst *Der kleine Prinz* von Saint-Exupéry – erzählt die Geschichte einer Möwe, die anders ist als ihre Artgenossen. Sie glaubt an das Abenteuer des Fliegens als Teil der großen Freiheit der Möwen. Und sie fragt sich immer wieder, warum es zu den schwierigsten Dingen auf der Welt gehört, einen Vogel davon zu überzeugen, daß er frei ist und daß er diese Freiheit auch selbst erproben kann. So wird Jonathan schließlich zum Lehrer und Vorbild für Gleichgesinnte. Die Parallelen zu den Außenseitern der menschlichen Gesellschaft lassen die Geschichte zu einer Parabel werden. Das Buch ist geschrieben für Menschen, die verstehen, daß es mehr gibt als den greifbaren Erfolg, für Menschen, die Befriedigung finden in einer Sache, von der sie überzeugt sind, auch wenn sie sich damit gegen die ganze Welt stellen, für Menschen, die frei sind für das Abenteuer der Persönlichkeit. Millionen von Lesern in aller Welt haben diese Nachricht verstanden und *Die Möwe Jonathan* zu einem der größten Bucherfolge der letzten beiden Jahrzehnte gemacht – zu einem Kultbuch unserer Zeit.

DER AUTOR

Richard Bach, 1935 in Oak Park, Illinois, geboren, entdeckte seine Liebe zur Fliegerei bereits mit siebzehn Jahren; mit achtzehn wurde er zum Jetpiloten ausgebildet. Er war Schauflieger und Fluglehrer und publizierte Hunderte von Aufsätzen über seinen mit Leidenschaft ausgeübten Beruf, bis er mit der *Möwe Jonathan* einen weltweiten Erfolg hatte. Unter der Regie von Hall Bartlett und mit der Musik von Neil Diamond wurde der Bestseller verfilmt.

Richard Bach

Die Möwe Jonathan

Mit Fotografien
von Russell Munson

Ullstein

Ullstein Buchverlage GmbH & Co. KG,
Berlin
Taschenbuchnummer 24490
Titel der Originalausgabe:
Jonathan Livingston Seagull

Ins Deutsche Obertragen
von Jeannie Ebner

Ungekürzte Ausgabe
Oktober 1998

Umschlaggestaltung:
Vera Bauer
Illustration: Albert Rocarols

Printed in Germany 1997
Druck und Verarbeitung: Ebner Ulm
ISBN 3-548-24490-4

Gedruckt auf alterungs-
beständigem Papier mit
chlorfrei gebleichtern Zellstoff

Die Deutsche Bibliothek –
CIP-Einheitsaufnahme

Die **Möwe Jonathan**/Richard Bach.
Mit Fotogr. von Russell Munson. [Ins
Dt. übertr. von Jeannie Ebner]. –
Ungekürzte Ausg. – Berlin:
Ullstein, 1997
(Ullstein-Buch; Nr. 24490)
Einheitssacht.: Jonathan Livingston
Seagull <dt.>
ISBN 3-548-24490-4
NE: Bach, Richard; Munson, Russell;
EST, GT

Macmillan Publishing Company
866 Third Avenue, New York, N.Y.
10022
Collier Macmillan Canada, Inc.

Für die wirkliche Möwe Jonathan,
die in uns allen lebt

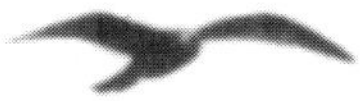

Erster Teil

Es war der Morgen,

und die neue Sonne flimmerte golden über dem Wellengekräusel der stillen See. Von einem Fischerboot, eine Meile vor der Küste, wurden die Netze ausgeworfen. Blitzschnell verbreitete sich die Nachricht in der Luft und lockte einen Schwarm Seemöwen an. Tausende flitzten hin und her und balgten sich kreischend um ein paar Brocken. Ein neuer Tag voller Geschäftigkeit hatte begonnen.
Nur ganz draußen, weit, weit von Boot und Küste entfernt, zog die Möwe Jonathan ganz allein ihre Kreise. In dreißig Meter Höhe senkte sie die Läufe, hob den Schnabel und versuchte schwebend eine ganz enge Kurve zu beschreiben. Die Wendung verringerte die Fluggeschwindigkeit; Jonathan hielt so lange durch, bis das Sausen der Zugluft um seinen Kopf nur noch ein leises Flüstern war und der Ozean unter ihm stillzustehen schien. In äußerster Konzentration machte er die Augen schmal, hielt den Atem an, erzwang noch ein ... einziges ... kleines ... Stück ... dann sträubte sich das Gefieder, er sackte durch und kippte ab.
Niemals dürfen Seemöwen aufhören zu schweben oder zu fliegen,

niemals dürfen sie absacken. Für eine Möwe bedeutet das Schmach und Schande.
Aber die Möwe Jonathan, die da so ungeniert und ohne Zaudern nochmals mit ausgespannten Flügeln die schwierige Kurve versuchte und immer langsamer werdend wieder absackte, war kein gewöhnlicher Vogel.
Die meisten Möwen begnügen sich mit den einfachsten Grundbegriffen des Fliegens, sind zufrieden, von der Küste zum Futter und zurück zu kommen. Ihnen geht es nicht um die Kunst des Fliegens, sondern um das Futter. Jonathan aber war das Fressen unwichtig, er wollte fliegen, liebte es mehr als alles andere auf der Welt.
Diese Neigung machte ihn bei den übrigen Vögeln nicht gerade beliebt, das merkte er bald. Selbst seine Eltern waren unzufrieden, daß Jonathan ganze Tage mit seinen Experimenten im tiefen Gleitflug verbrachte und seine Übungen hundertfach wiederholte. Er entdeckte zum Beispiel, ohne den Grund zu wissen, daß er sich länger und müheloser in der Luft halten konnte, wenn er ganz dicht über dem Wasser dahinflog, nur eine halbe Spannweite seiner Schwingen hoch. Dann endete der Gleitflug nicht mit dem üblichen Aufplatschen der vorgereckten Läufe, er setzte vielmehr mit stromlinienförmig dicht am Körper anliegenden Füßen in langem flachen Gleiten auf. Als er aber dann auch bei Gleitflügen über dem Strand mit angezogenen Beinen zur Landung anzusetzen begann und hinterher die Länge der Gleitspur abtrippelte, da wurden seine Eltern wirklich böse.
»Wozu das, Jon? Warum in aller Welt?« fragte seine Mutter. »Ist es denn wirklich so schwer, wie alle anderen zu sein? Warum überläßt du den Tiefflug nicht den Pelikanen oder dem Albatros?! Warum frißt du nicht wie die anderen? Du bist ja nur noch Federn und Knochen, wie siehst du bloß aus.«
»Das ist mir ganz einerlei, Mama. Ich muß herausfinden, was ich in der Luft kann und was nicht, das ist alles. Ich muß es einfach wissen.«

»Sieh einmal, Jonathan«, sagte sein Vater nicht unfreundlich. »Bald kommt der Winter. Da gibt es nicht viele Boote, und die Fische schwimmen nicht mehr dicht unter der Oberfläche, sondern in der Tiefe. Wenn du unbedingt etwas lernen willst, dann lerne, wie man sich sein Futter beschafft. Fliegerei, gut und schön, aber von einem Gleitflug kann man nichts abbeißen, verstehst du? Zweck des Fliegens ist, daß man etwas zu Essen hat, vergiß das nicht.«

Jonathan nickte gehorsam. EinigeTage lang versuchte er, genauso wie die übrigen Möwen zu sein; er gab sich wirklich alle Mühe, er flatterte und kreischte mit dem Schwarm um die Anlegestellen und Fischerboote und schnappte im Sturzflug nach Fischabfällen und Brotkrumen, aber er war nicht glücklich dabei. Es ist so sinnlos, dachte er und ließ absichtlich eine mit Mühe ergatterte Sardine fallen, die ihm eine alte hungrige Möwe abjagen wollte. Schade um die Zeit – wieviel könnte ich da richtig fliegen üben. Ich muß noch so viel lernen!

Und so dauerte es denn nicht lange, und die Möwe entwischte wieder, wagte sich weit auf die offene See hinaus und machte hungrig, aber glücklich neue Flugversuche.

Jetzt ging es Jonathan um die Geschwindigkeit. Nachdem er eine Woche geübt hatte, wußte er darüber mehr als jede andere Möwe. Aus dreihundert Meter Höhe stürzte er sich nach kräftigen Flügelschlägen tollkühn in die Tiefe, den Wellen entgegen, und lernte durch Erfahrung, warum keine Möwe mit voller Wucht solche Sturzflüge versucht. Schon nach sechs Sekunden schoß er mit einer Geschwindigkeit von mehr als hundert Stundenkilometern abwärts, und bei diesem Tempo können die Schwingen dem Luftdruck nicht standhalten.

Es war immer das Gleiche. So sehr er sich auch bemühte und anstrengte – bei hoher Geschwindigkeit verlor er die Kontrolle über den Flügelschlag.

Er stieg hoch auf, mit voller Kraft, setzte flatternd zum senkrechten Sturzflug an, und dann versagte immer wieder der linke

Flügel im Aufschlag, daß der Körper heftig nach links abdrehte. Er fing sich durch Abstellen des rechten Flügels wieder und schoß wie ein Blitz kreiselnd schräg nach rechts abwärts.
Er konnte gar nicht achtsam genug sein. Zehnmal nacheinander versuchte er den Sturz, und jedesmal zerflatterte er bei der hohen Geschwindigkeit und klatschte haltlos als wild gesträubtes Federnbündel hart auf dem Wasser auf.
Schließlich dachte er – tropfnaß –, vielleicht darf man bei hohen Geschwindigkeiten die Flügel nicht bewegen, muß bis zirka fünfzig mit den Flügeln schlagen und sie dann stillhalten.
Er versuchte es noch einmal. Aus sechshundert Meter Höhe kippte er, Schnabel senkrecht nach unten zum Sturzflug, flatterte mit voll ausgespannten Schwingen bis zu einer Stundengeschwindigkeit von etwa achtzig Kilometern und hielt sie dann unbeweglich weit ausgespannt. Das erforderte alle seine Kräfte, aber es gelang. Innerhalb von zehn Sekunden hatte er das schwindelndeTempo von hundertfünfzig Stundenkilometern erreicht und überschritten. Jonathan hatte einen Weltrekord in Geschwindigkeit unter Seemöwen aufgestellt!
Doch der Sieg war trügerisch. Kaum änderte er zum Aufsetzen aus dem senkrechten Sturzflug den Winkel der Flügelstellung, so verlor er die Kontrolle, der Luftdruck traf ihn wie eine Sprengladung. Er schien mitten in der Luft zu explodieren, dann prallte er auf die See auf, die hart war wie Beton.
Als er wieder zu sich kam, war es bereits dunkel, er trieb im Mondlicht auf dem Meer dahin. Die Flügel waren zerzaust und schwer wie Blei, doch noch schwerer bedrückte ihn das Gefühl des Versagens. Fast wünschte er, die Last möge ihn sacht auf den Grund drücken, daß alle Mühe ein Ende habe.
Doch als er langsam tiefer sank, klang es seltsam dumpf aus ihm heraus: Du darfst nicht aufgeben, aber du bist nur eine Möwe und kannst über deine Natur nicht hinaus. Wärest du zu solchen Flügen bestimmt, dann hättest du dafür Diagramme, Richtlinien im Kopf. Wärest du zum raschen

Fliegen bestimmt, du hättest kurze Flügel wie der Falke und würdest Mäuse fressen statt Fische. Dein Vater hatte recht. Schluß mit den Torheiten. Flieg heim zu deinem Schwarm und finde dich damit ab, daß eine kleine Seemöwe ihre Grenzen hat.

Die Stimme schwieg, und Jonathan mußte ihr zustimmen. Möwen verbringen die Nacht nahe der Küste, auf dem Wasser; und er wollte von jetzt an eine normale Möwe sein, sich dem Schwarm zugesellen, glücklich sein unter seinesgleichen.

Erschöpft hob er sich von der dunklen Wasserfläche ab und zog mit mattem Flügelschlag landeinwärts, froh, daß er früher den kräftesparenden Flug in niedriger Höhe geübt hatte.

Doch nein, Schluß mit alten Gewohnheiten. Schluß mit allem Lernen. Ich bin eine Möwe, dachte er, ich bin wie die anderen Möwen, ich will auch fliegen wie die anderen Möwen. So stieg er mühsam bis zu dreißig Meter Höhe, schlug angestrengt mit den Flügeln und strebte der Küste zu.

Er war erleichtert über die Entscheidung. Er fühlte sich befreit von allem Zwang zum Lernen, von nun an würde es keine Herausforderung mehr geben, keine Fehlschläge. Und es war angenehm, so gedankenlos durch das Dunkel auf die Lichter an der Küste zuzufliegen.

Dunkel! Die dumpfe innere Stimme meldete sich, brüchig im Erschrecken. *Möwen fliegen nicht bei Dunkelheit!*

Jonathan beachtete sie nicht. Schön, dachte er Mond und Sterne blinken im Wasser und ziehen ihre schmalen Leuchtspuren durch die Nacht. Alles ist friedlich und still ...

Komm herunter! Möwen fliegen nicht bei Dunkelheit! Nie! Wärest du zum Nachtflug bestimmt, du hättest Augen wie die Eule. Du hättest Blindflugkarten im Kopf! Du hättest die kurzen Flügel des Falken!

Doch die Möwe Jonathan, die in dreißig Meter Höhe durch die Nacht flog, achtete nicht auf die Warnung, hörte nur die letzten Worte. Angst, Erschöpfung, gute Vorsätze waren vergessen.

Kurze Flügel. *Die kurzen Flügel des Falken!*
Das war die Lösung! Was für ein Narr war ich doch! Ich brauche nur winzig kleine Flügel, ich brauche meine Flügel nur einzuziehen, nur mit den Flügelspitzen zu fliegen! *Kurze Flügel!*
Er schwang sich sechshundert Meter über die schwarze See empor, und ohne auch nur eine Sekunde an Mißerfolg und Tod zu denken, faltete er die Flügel an den Rumpf, daß nur die wie schmale Sicheln gebogenen Spitzen dem Wind ausgesetzt waren, dann ließ er sich senkrecht fallen.
Tosend brauste die Luft um seinen Kopf. Hundert Kilometer Stundengeschwindigkeit, hundertfünfzig, hundertneunzig und noch mehr.
Der Anprall des Flugwindes auf die Flügel war nun nicht annähernd so stark wie vorher: jetzt konnte er sich mit einer ganz leisen Wendung der Flügelspitzen abfangen, aus der Senkrechten in die Waagrechte übergehen und wie eine grauweiße Kugel unter dem Mond über die Wasserfläche hinschießen.
Gegen den Wind schloß er die Augen halb und schrie jubelnd. Zweihundert Kilometer in der Stunde in voller Flugbeherrschung! Wenn ich aus der doppelten Höhe herabstoße – wie schnell ich dann wohl bin? Alle guten Vorsätze waren vergessen, waren fortgerissen von diesem Geschwindigkeitsrausch. Ohne Bedenken brach er das Versprechen, das er sich selbst gegeben hatte. Derlei Schwüre gelten nur für Möwen, die mit dem Mittelmaß zufrieden sind. Wer einmal das Außerordentliche erfahren hat, kann sich nicht mehr an die Normen des Durchschnitts binden. Als die Sonne aufging, war die Möwe Jonathan längst wieder bei ihren Flugversuchen. Aus fünfzehnhundert Metern Höhe waren die Fischerboote nur noch Pünktchen auf der weiten blauen Wasserfläche, war der Schwarm futtersuchender Möwen nur noch eine blasse Wolke aus kreiselnden Staubteilchen.
Und er lebte – leise bebend vor Entzücken, stolz, seine Furcht bezwungen zu haben. Ohne lange Vorbereitungen legte er die Armschwingen fest an, spreizte die geschweiften Handschwingen

aus und stürzte sich senkrecht hinab. Bei zwölfhundert Metern über dem Meer hatte er die äußerste Geschwindigkeit erreicht. Wie eine kompakte Wand aus Gebrüll schlug ihm die Luft entgegen und machte weitere Beschleunigung unmöglich. Er flog jetzt abwärts mit über zweihundert Kilometern pro Stunde. Er schluckte krampfhaft. Entfalteten sich bei diesem Tempo die Flügel ganz wenig, dann würde er in winzige Fetzchen zerplatzen, nichts würde von ihm bleiben. Aber Geschwindigkeit war Macht, war Schönheit, war reines Glück. Bei dreihundert Metern versuchte er wieder hochzuziehen. Die Flügel dröhnten und schwirrten im übermäßigen Luftdruck, Boot und Möwenschwarm kippten seitwärts ab und schienen dann mit meteorgleicher Schnelligkeit genau in seine Flugbahn zu stürzen. Er konnte nicht anhalten; er wußte nicht einmal, wie er bei diesem Tempo wenden konnte.
Zusammenstoß bedeuteteTod.
Er schloß die Augen.
Und so geschah es, daß die Möwe Jonathan an jenem Morgen, kurz nach Sonnenaufgang, im rasenden Sturzflug wie ein Schuß durch das Zentrum des Möwenschwarms knallte, ein schreckliches, kreischendes Bündel aus Luftwirbeln und Federn. Doch das Glück blieb ihm treu, niemand kam zu Schaden.
Als er den Schnabel endlich wieder hochgereckt hielt, flitzte er immer noch pfeilschnell dahin, und als er endlich die Geschwindigkeit genügend verlangsamt hatte und aufatmend die Flügel ausbreitete, war der Fischkutter wieder ein Punkt auf dem Meer, zwölfhundert Meter unter ihm.
Er triumphierte. Ich habe höchste Geschwindigkeit erreicht, über zweihundert Stundenkilometer. Ein beispielloser Erfolg, das größte Ereignis in der Geschichte des Schwarms. Eine neue Epoche beginnt. Während er zu seinem einsamen Übungsplatz hinausflog und die Flügel zum Sturzflug aus zweitausendvierhundert Metern einfaltete, beschloß er, nun herauszufinden, wie man im Sturz die Richtung ändern kann. Und auch das

gelang. Verstellte er nur eine einzige Feder an der Flügelspitze um wenige Millimeter, so erreichte er auch bei großen Geschwindigkeiten eine weiche, fließende Kurve. Doch bis es soweit war, mußte er durch Versuch und Irrtum lernen, daß man bei hoher Geschwindigkeit keinesfalls mehr als eine Feder verstellen durfte, sonst kam man wie eine Gewehrkugel in eine Drehung.
So wurde Jonathan die erste und einzige Möwe, die Kunstflugfiguren vollbrachte. An diesem Tag nahm Jonathan sich nicht die Zeit, den anderen Möwen seine Kunst zu zeigen, er übte weiter bis nach Sonnenuntergang und entdeckte den Looping, die langsame Rolle um die eigene Achse, das Rollen nach Punkten, das verkehrte Trudeln, den Abschwung und das Windrad.
Es war Nacht geworden, als die Möwe Jonathan sich wieder bei dem Schwarm an der Küste einfand. Jonathan war schwindlig vor Müdigkeit, aber so glücklich, daß er beim Landen noch einen Looping machte. Wenn die anderen von diesem großen Durchbruch hören, werden sie vor Freude außer sich sein, dachte er. Ein herrliches Leben wird jetzt beginnen. Statt der einförmigen Alltagsplage mit dem ewigen Hin und Her zwischen Küste und Fischkuttern hat unser Leben jetzt einen tieferen Sinn! Wir vermögen uns aus unserer Unwissenheit zu erheben, dürfen uns als höhere Wesen von Können und Intelligenz verstehen. Wir werden frei sein! *Der Höhenflug ist erlernbar!*
Die kommenden Jahre lockten und glühten voller Verheißung.
Als er landete, hockten die Möwen bei einer Ratsversammlung beisammen, die offenbar schon lange andauerte.
In der Tat, sie hatten auf etwas gewartet.
»Möwe Jonathan, komm in die Mitte!« Der Älteste sprach die Worte sehr zeremoniell. In die Mitte kommen, das bedeutete entweder die größte Schande oder die größte Auszeichnung. Man ehrte so die obersten Anführer der Möwen. Natürlich, dachte Jonathan, der Schwarm heute morgen – sie haben den Großen Durchbruch mitangesehen. Aber ich brauche keine Ehrung. Ich will kein Führer werden. Ich möchte sie nur teilhaben

lassen an dem, was ich entdeckt habe: möchte ihnen zeigen, welch neue Horizonte sich für uns alle eröffnen.
Er trat vor.
»Möwe Jonathan«, sagte der Älteste. »In deiner Schande tritt in die Mitte vor die Augen deiner Sippe!«
Jonathan war wie vor den Kopf geschlagen. Die Beine versagten den Dienst, die Flügel hingen schlaff, er hörte nur noch ein Dröhnen. In die Mitte treten zur Schande? Unmöglich ... Der Große Durchbruch ... Sie mißverstehen es ... Sie irren sich, sie irren sich.
»... wegen skrupellosen Leichtsinns«, intonierte die Stimme streng, »mit dem gegen die Würde und die Traditionen der Möwensippe verstoßen wurde ...«
Zur Schande in die Mitte treten müssen, das bedeutete, daß man ihn aus der Gemeinschaft der Möwen ausstieß, ihn zu einem einsamen Dasein auf den Fernen Klippen verdammte.
»... eines Tages, Möwe Jonathan, wirst auch du begreifen, daß sich Verantwortungslosigkeit nicht bezahlt macht. Leben, das ist das Unbekannte, das Unerkennbare.
Wir wissen nur eines: Wir wurden in die Welt gesetzt, wir müssen uns ernähren und uns, so lange es nur irgend möglich ist, am Leben erhalten.«
Keine Möwe darf je dem Urteil der Ratsversammlung widersprechen, doch Jonathan erhob die Stimme. »Verantwortungslosigkeit?« rief er aus. »Meine Brüder! Keiner kann mehr Verantwortungsbewußtsein beweisen als eine Möwe, die ein höheres Ziel erkennt, die dem Ruf folgt und den Sinn des Lebens findet. An die tausend Jahre sind wir nur mühselig hinter Fischabfällen hergewesen, jetzt aber hat unser Leben einen neuen Inhalt bekommen – zu lernen, zu forschen, frei zu sein! Gebt mir eine Chance, laßt mich euch zeigen, was ich gefunden habe ...«
Der Schwarm hockte wie aus Stein.
»Die Brüderschaft ist zerbrochen«, intonierten die Möwen einmütig

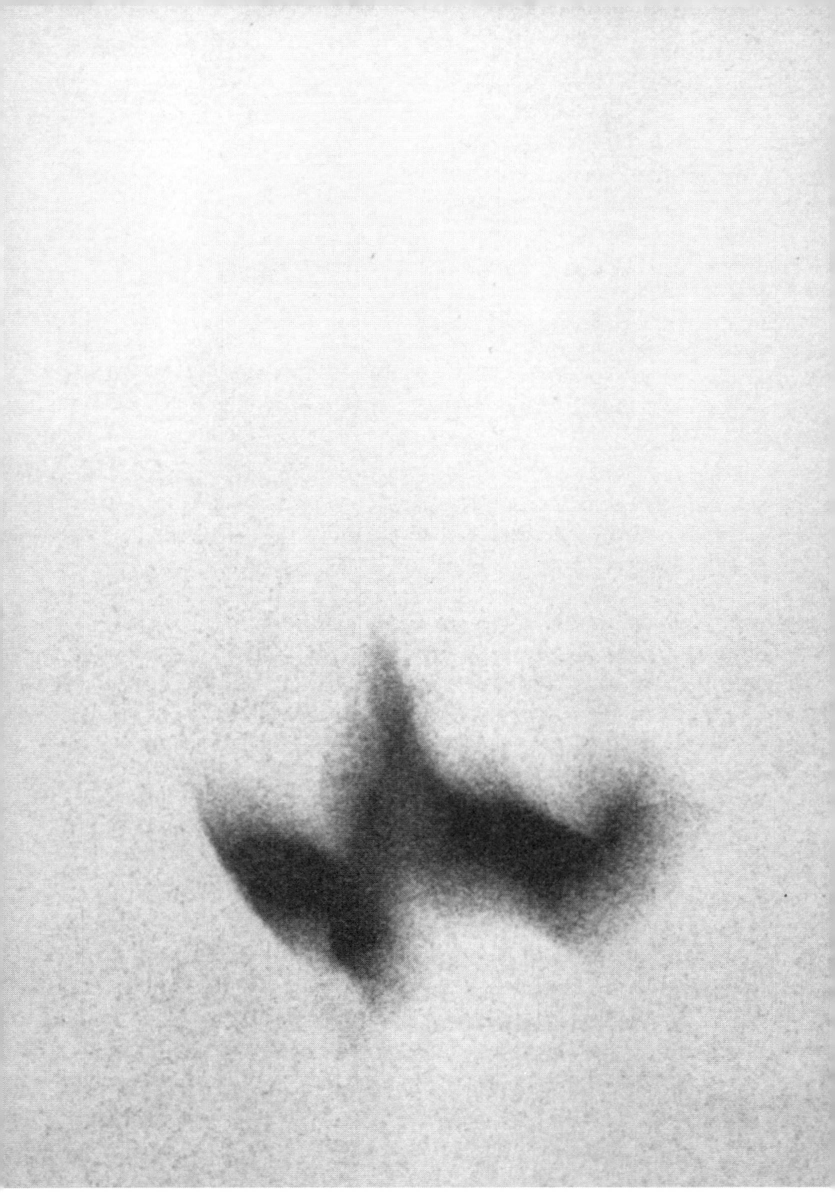

im Chor, schlossen feierlich die Augen und wandten sich von ihm ab.
So verbrachte Jonathan sein weiteres Leben in Einsamkeit und flog weit über die Fernen Klippen hinaus. Nicht die Einsamkeit bedrückte ihn, nur die Tatsache, daß die anderen Möwen die Herrlichkeit des Fliegens nicht erleben konnten, daß sie sich weigerten, die Augen aufzumachen, zu sehen.
Täglich wurden seine Fähigkeiten vollkommener. Er lernte, im Sturzflug in Stromlinienhaltung weit genug ins Wasser einzutauchen, um die seltenen, wohlschmeckenden Fische zu erlangen, die in Schwärmen unter der Oberfläche des Ozeans dahinzogen.
Er brauchte keine Fischkutter und kein altbackenes Brot mehr zum Leben. Er lernte im Flug in der Luft zu schlafen, indem er sich bei Nacht quer zum Wind stellte, der von der Küste herblies. So vermochte er zwischen Sonnenuntergang und Sonnenaufgang hundertsechzig Kilometer zurückzulegen. Mit Hilfe des gleichen inneren Richtungssinnes durchstieß er die schweren Seenebel und stieg über sie hinaus in blendend lichte Höhen auf ... indes die anderen Möwen zur selben Zeit auf dem Boden hockend nichts als Nebel und Regen kannten. Er lernte, auf Hochwinden weit ins Land hinein zu schweben, um dort köstliche Insekten zu verspeisen.
Was er sich einst für seinen Schwarm erhofft hatte, ihm allein wurde es zuteil; er lernte, was wahrhaft Fliegen heißt, und er bereute nie den Preis, den er dafür bezahlt hatte. Die Möwe Jonathan entdeckte, daß nur Langeweile, Angst und Zorn das Leben der Möwen verkürzen; nachdem diese drei von ihm gewichen waren, lebte er ein langes und ein wahrhaft lebenswertes Leben.
Und eines abends geschah es: Zwei Möwen kamen, und sie fanden Jonathan friedvoll und einsam unter seinem geliebten Himmel schwebend. Sie tauchten neben seinen Schwingen auf, sie schimmerten in reinstem Weiß und erhellten mit sanftem, sternenhaftem Leuchten die Nacht. Das Schönste aber war ihr

meisterhafter Flug. Ihre Schwingen bewegten sich in vollkommenem Gleichmaß, und die Flügelspitzen hielten sich in geringem Abstand neben den seinen. Wortlos unterwarf Jonathan sie seiner Prüfung, die noch nie eine Möwe bestanden hatte. Er drehte die Flügel und verlangsamte seinen Flug fast bis zum Stillstand. Die beiden strahlenden Vögel taten das gleiche mühelos, ohne die Lage zu verändern. Sie wußten um den langsamen Flug. Er legte die Flügel ein, kippte vornüber und ließ sich in einen rasenden Sturzflug fallen. Sie stürzten mit ihm, schossen in geschlossener Formation senkrecht hinab.

Schließlich zog er bei gleichbleibender Geschwindigkeit kerzengrade hoch in eine endlose, vertikale Spirale, und sie folgten wie schwerelos. Er fing sich zu horizontalem Flug ab und schwieg lange. Dann fragte er: »Wer seid ihr?«

»Wir sind von deiner Art, Jonathan. Wir sind deine Brüder.« Stark und ruhig tönten die Worte. »Wir sind gekommen, um dich höher hinauf zu geleiten, wir holen dich heim.«

»Ich bin nirgends daheim. Ich gehöre zu keinem Schwarm. Ich bin ein Ausgestoßener. Und wir fliegen jetzt schon sehr hoch, wir fliegen auf dem Gipfel des Großen Bergwindes. Viel höher kann ich diesen alten Leib nicht mehr erheben.«

»Doch, du kannst es, Jonathan. Du hast viel gelernt. Die eine Lehrzeit ist zu Ende, die Zeit ist gekommen, um in einer anderen neu zu beginnen.«

Das Licht, das ihm sein Leben lang geleuchtet hatte, das Licht des Verstehens, erhellte auch diesen Augenblick. Die Möwe Jonathan verstand. Sie hatten recht. Er *konnte* höher fliegen, es war Zeit, heimzugehen.

Mit einem letzten, langen Blick nahm er Abschied von seinem Himmel, von diesem majestätischen silbernen Reich, das ihn soviel gelehrt hatte.

»Ich bin bereit«, sagte er dann.

Und die Möwe Jonathan erhob sich mit den beiden sternenhellen Möwen und entschwand in vollkommene Dunkelheit.

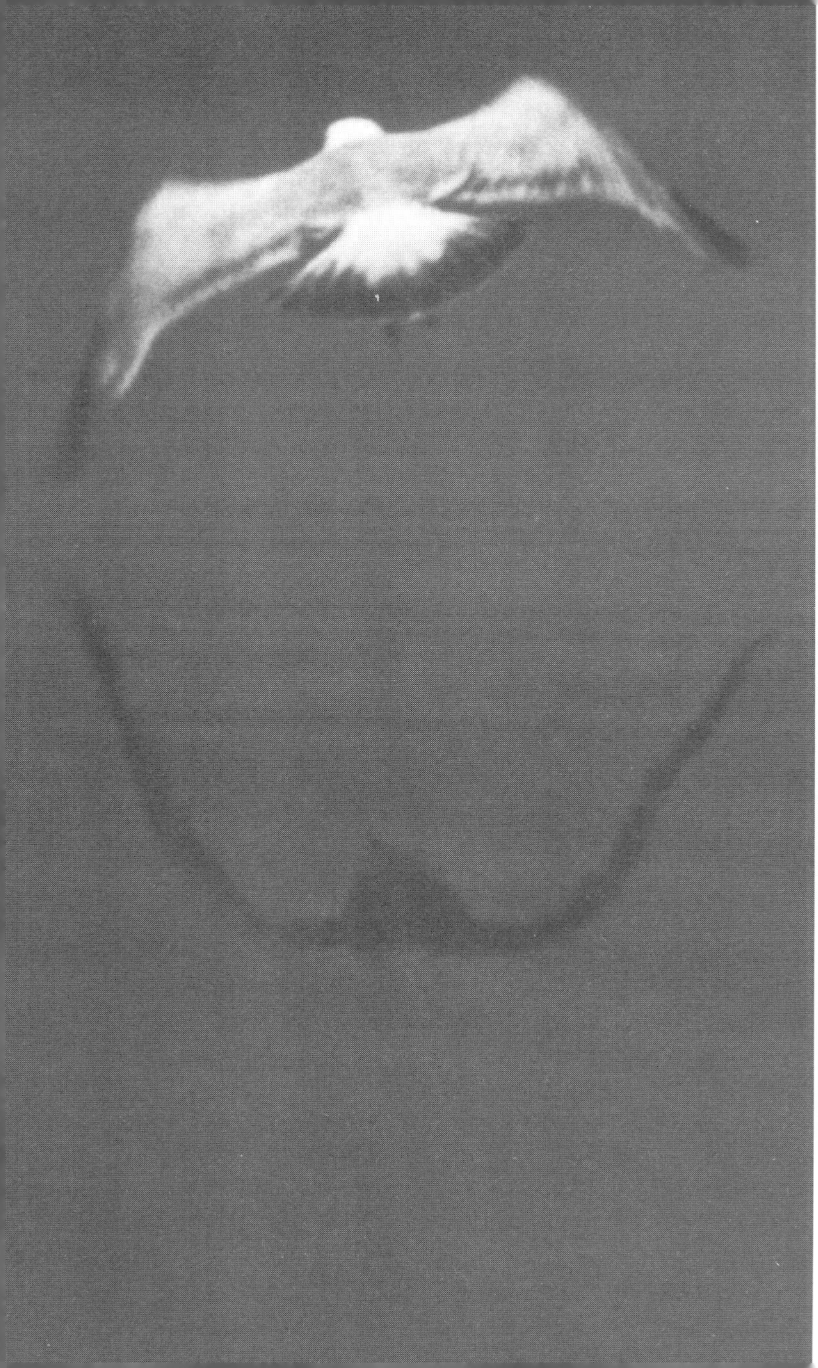

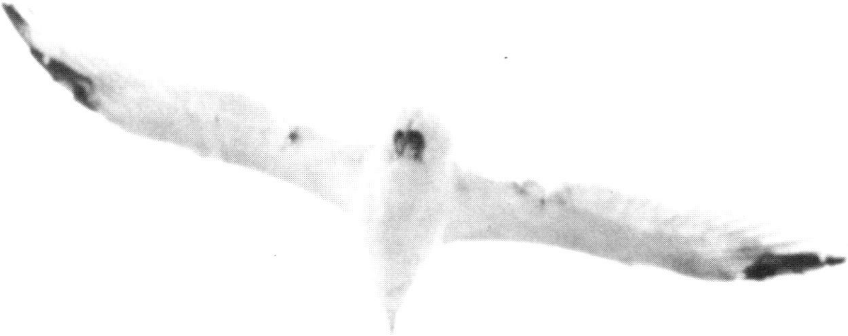

Zweiter Teil

Das also ist das himmlische Paradies,

dachte er amüsiert. Seine Empfindungen waren nicht besonders ehrerbietig, wo er doch anscheinend gerade in den Himmel kam. Während er in enger Flugformation mit den zwei strahlenden Möwen über die Wolken aufstieg, begann auch sein Gefieder so hell zu strahlen wie das ihre. Immer hatte hinter den goldenen Augen unwandelbar jung die Möwe Jonathan existiert, und sie lebte weiter, nur die äußere Form verwandelte sich.
Es schien der vertraute Körper zu sein, doch Jonathan flog besser und leichter als je zuvor. Ich werde mit halber Kraft zweifache Geschwindigkeit erreichen, dachte er, werde die Leistungen meiner besten Erdentage verdoppeln.
Sein Gefieder leuchtete jetzt ganz weiß, und seine Schwingen schimmerten glatt und vollendet wie poliertes Silber. Voller Freude erprobte er sie und ließ seine Kraft in diese neuen Flügel einströmen. Bei vierhundert Stundenkilometern spürte er, daß er sich seiner Höchstgeschwindigkeit im Horizontalflug näherte. Bei vierhundertfünfzig hatte er das Äußerste erreicht und war fast etwas enttäuscht. Auch dieser neue Körper war also in seinen Möglichkeiten eingeschränkt. Er hatte zwar seinen

früheren Weltrekord überboten, doch immer noch gab es eine Grenze, die ihn zu großen Anstrengungen herausforderte. Im Himmel, dachte er, im Himmel sollte es keine Beschränkungen mehr geben.

Die Wolkendecke riß auf, seine Begleiter riefen: »Glückliche Landung, Jonathan«, und lösten sich in durchsichtige Luft auf. Er schwebte über einem Meer auf eine zerklüftete Küste zu. Einzelne Möwen kämpften mit den Aufwinden über den Klippen. Fern im Norden, fast am Rande des Horizonts, kreisten noch ein paar Vögel. Neue Ausblicke, neue Gedanken, neue Fragen. Warum nur so wenig Möwen? Der Himmel müßte voll von Schwärmen sein. Und er war so müde. Im Himmel dürfte es doch keine Müdigkeit geben. Muß man hier auch schlafen? Schlafen? Wo hatte er das Wort gehört? Die Erinnerung an sein Erdendasein verflüchtigte sich. Gewiß war die Erde ein Platz gewesen, wo er manches gelernt hatte, aber die Einzelheiten verschwammen. Futter suchen oder so ähnlich und – ja – Verbannung.

Die Möwen vor der Küste flogen ihm zur Begrüßung entgegen, doch gaben sie keinen Schrei, keinen Laut ab. Trotzdem fühlte er, daß er willkommen war und daheim. Es war ein großerTag für ihn, aber an den Sonnenaufgang dieses Tages erinnerte er sich nicht mehr.

Er kreiste tiefer, flatterte nah über dem Boden fast auf der Stelle, dann setzte er leicht auf dem Sand auf. Die anderen Möwen aber landeten schwebend, keine bewegte auch nur eine Feder. Die schimmernden Flügel weit ausgespannt drehten sie in den Wind, dann änderten sie, Gott weiß wie, die Stellung der Schwungfedern und kamen im Augenblick zum Stillstand, da sie mit den Füßen den Boden berührten. Die vollkommene Körperbeherrschung war herrlich. Doch Jonathan war zu müde, es auch so zu versuchen. Da, wo er aufgesetzt hatte, war er im Stehen eingeschlafen.

Dann folgte ein Tag dem anderen. Auch hier übte Jonathan

unablässig neue Flugtechniken wie in dem Leben, das hinter ihm lag. Nur eines war anders. Die Möwen hier fühlten wie er. Jede einzelne erstrebte die höchste Vollkommenheit auf dem Gebiet, das allen das wichtigste war: dem Fliegen. Es waren großartige Vögel, alle. Täglich verbrachten sie viele Stunden damit, ihre Flugtechnik zu üben und sich im Kunstflug zu erproben. Jonathan vergaß alles Frühere. Versunken war die Welt, aus der er gekommen war, vergessen der Schwarm, der die Augen gegen die Herrlichkeit des Fliegens verschlossen hatte und die Flügel einzig als Mittel zum Zweck beim Futtersuchen und Raufen um die Nahrung gebrauchte. Doch ab und an blitzte sekundenlang die Erinnerung auf, und dann kamen die Fragen. So geschah es an einem Morgen, als sein Lehrer und er nach einer Serie von Loopings mit anliegenden Flügeln auf dem Wasser ausruhten.

»Wo sind sie denn alle, Sullivan?« dachte er. Er war jetzt mit der mühelosen Gedankenübertragung vertraut, die hier das Kreischen und Krächzen der Möwen auf der Erde ersetzte. »Wieso sind nicht mehr von uns hier? Es gab doch ...«

»... Tausende und Abertausende von Möwen – ich weiß.« Sullivan schüttelte den Kopf. »Ich kenne nur eine Antwort, Jonathan. Du bist wahrscheinlich einer unter Millionen, die große Ausnahme. Die meisten von uns sind nur ganz allmählich weitergekommen, von einer Welt in die nächste, die dann anders war. Wir vergaßen sofort, woher wir gekommen waren, und es kümmerte uns nicht, wohin wir gingen. Wir lebten nur für den Augenblick. Es ist kaum vorstellbar, durch wie viele Leben wir hindurch mußten, bis wir verstanden, daß Leben mehr ist als Fressen und Kämpfen und eine Vormachtstellung im Schwarm einnehmen. Tausend Leben, zehntausend, und danach vielleicht noch hundert Leben, ehe uns die Erkenntnis aufdämmerte, daß es so etwas gibt wie Vollkommenheit, und dann nochmals hundert Leben, um endlich als Sinn des Lebens die Suche nach der Vollkommenheit zu sehen und zu verkündigen. Diese Regel gilt auch jetzt. Wir erlangen die nächste Welt nach dem, was wir in dieser gelernt haben. Lernen wir nichts hinzu, so wird unsere nächste Welt nicht anders sein als diese, sie bietet die gleichen Beschränkungen, und es gilt, die gleiche bleischwere Last zu überwinden.«

Er breitete die Schwingen aus und wendete den Kopf in den Wind. »Du aber, Jon«, sagte er, »hast so viel auf einmal gelernt, daß du nicht durch viele tausend Leben mußtest, um hierher zu gelangen.«

Und wieder schwangen sie sich in die Lüfte und setzten ihre Übungen fort. Beim Fliegen in der Formation waren die Drehungen um die eigene Achse besonders schwierig, da die Hälfte der Flugfigur Rückenlage erforderte. Jonathan mußte dabei umdenken, mußte die Flügel zurückstoßen und die Flügelhaltung genau auf die seines Mentors abstimmen. Immer wieder sagte Sullivan: »Versuchen wir es noch einmal, versuchen wir es noch einmal.« Und endlich sagte er: »Gut.« Und sie begannen eine neue Figur zu üben.

Hatten die Möwen keine Nachtflüge, so hockten sie beisammen und meditierten. An einem Abend faßte Jonathan sich ein Herz und näherte sich dem Ältesten, der sich, wie es hieß, bald über diese Welt hinaus erheben würde.

»Chiang ...«, begann er ein wenig unsicher.

Der Uralte sah ihn gütig an. »Ja, mein Sohn?« Das Alter hatte ihn nicht geschwächt, sondern gestärkt. Er konnte jede andere Möwe im Flug überholen und kannte Techniken, die die anderen erst ganz allmählich erlernten.

»Diese Welt ist gar nicht das himmlische Paradies, nicht wahr, Chiang?«

Im Mondlicht sah er, daß der Älteste ihm freundlich zunickte.

»Du hast wieder etwas dazugelernt, Jonathan«, sagte er.

»Und was geschieht nachher? Wohin kommen wir dann? Gibt es gar kein Paradies?«

»Nein, Jonathan, einen solchen Ort gibt es nicht. Das himmlische

Paradies ist kein Ort und ist keine Zeit. Paradies, das ist Vollkommenheit.« Er schwieg einen Augenblick. »Du bist ein sehr rascher Flieger, nicht wahr?«
»Ich ... ich liebe die Geschwindigkeit«, sagte Jonathan betroffen, aber doch stolz, daß es dem Ältesten aufgefallen war. »Du wirst zum ersten Mal den Rand des Paradieses streifen, wenn du die vollkommene Geschwindigkeit erreicht hast. Und das bedeutet nicht, daß du in der Stunde tausend oder hunderttausend Kilometer zurücklegen kannst. Selbst wenn du mit der Geschwindigkeit des Lichtes fliegen würdest, hättest du nicht die Vollkommenheit erreicht. Alle Ziffern sind Begrenzungen, Vollkommenheit aber ist grenzenlos. Vollkommene Geschwindigkeit, mein Sohn, das heißt ganz dasein.«
Dann war Chiang plötzlich ohne ein weiteres Wort verschwunden und tauchte im gleichen Augenblick weit entfernt an der Küste auf, verschwand sofort wieder und stand neben Jonathan.
»Das macht Spaß«, sagte er.
Jonathan war völlig verblüfft. Er vergaß alle weiteren Fragen nach dem Paradies. »Wie machst du das? Was empfindet man dabei? Wie weit kannst du dich entfernen?«
»Man kann überall hinkommen, man muß es nur wirklich wollen. Ich bin überall gewesen und in allen Zeiten, die ich mir vorstellen kann.«
Sinnend blickte der Älteste über das Meer. »Seltsam. Möwen, die um ihrer begrenzten Wege und Ziele willen die Vollkommenheit des Fliegens verachten, kommen nur langsam vorwärts und nirgendwo an. Die aber um der Vollkommenheit willen des Weges nicht achten, kommen in Sekundenschnelle überall hin. Bedenke immer, Jonathan, das himmlische Paradies findet sich nicht in Raum oder Zeit, denn Raum und Zeit sind bedeutungslos. Das Paradies ist ...«
»Kannst du mich lehren, auch so zu fliegen?« Jonathan bebte vor Sehnsucht nach dem Unbekannten.
»Gewiß, wenn du es lernen möchtest.«

»So gern. Wann können wir anfangen?«
»Wenn du willst, sofort.«
»Ich möchte so fliegen lernen«, sagte Jonathan, und seine Augen strahlten vor Eifer. »Sag mir, was ich tun soll.«
Chiang setzte seine Worte bedächtig und sah die jüngere Möwe dabei unentwegt prüfend an. »Um in Gedankenschnelle zu fliegen, ganz gleich an welchen Ort, mußt du schon vor Beginn wissen, daß du bereits dort angekommen bist.«
Nach Chiangs Worten mußte man also als erstes aufhören, sich selbst als Gefangenen eines irdisch-begrenzten Körpers zu empfinden, dessen Flügelspannweite etwa einen Meter betrug und dessen Leistungsfähigkeit sich mit Hilfe graphischer Darstellung berechnen ließ. Die Voraussetzung für das Gelingen lag in dem Bewußtsein, daß das wahre Sein so vollkommen ist wie eine nicht aufgeschriebene, wie eine abstrakte Zahl und überall zugleich existiert, unabhängig von Zeit und Raum.
Vom Morgengrauen an, noch vor Sonnenaufgang und lange bis nach Mitternacht überließ Jonathan sich mit Leidenschaft seinen Versuchen. Aber alle seine Anstrengungen halfen ihm nicht weiter.
»Vergiß alles Wissen«, sagte ihm Chiang wieder und wieder.
»Du hast es nicht gebraucht, um zu fliegen, du hast einfach fliegen müssen. Und jetzt ist es das Gleiche. Versuche es noch einmal ...«
Und eines Tages war es soweit. Jonathan ruhte auf dem Strand aus. Mit geschlossenen Augen versenkte er sich ganz in sich, und in jähem Begreifen fühlte er, was Chiang gemeint hatte.
»Natürlich. So ist es. Ich bin. Ich bin eine vollkommene, durch nichts beschränkte Möwe!« Glück durchströmte ihn wie ein heftiger Schreck.
»Gut«, sagte Chiang. Seine Stimme klang triumphierend.
Jonathan machte die Augen auf. Er stand ganz allein neben dem Ältesten an einer gänzlich fremd anmutenden Küste – Bäume wuchsen bis an den Saum des Ozeans hinab, und zu Häupten kreiste ein Zwillingsgestirn gelber Sonnen.
»So hast du es endlich erreicht«, sagte Chiang, »aber du mußt

noch weiter daran arbeiten, dich selbst zu steuern ...«
Jonathan war überwältigt. »Wo sind wir?«
Den Ältesten ließ die fremde Umwelt kühl. Er tat die Frage ziemlich gleichgültig ab. »Wir sind auf irgendeinem Planeten, wie es scheint. Er hat einen grünen Himmel und eine doppelte Sonne.«
Jonathan stieß vor Entzücken einen hellen Schrei aus, den ersten Laut, seit er die Erde verlassen hatte. »Es ist gelungen!«
»Natürlich ist es gelungen, Jon«, sagte Chiang. »Es gelingt immer, wenn du genau weißt, was du willst. Und nun zu der Selbststeuerung ...«
Als sie zurückkamen, war es schon dunkel. Die anderen Möwen betrachteten Jonathan, und in ihren goldenen Augen stand ehrfürchtige Scheu. Sie hatten gesehen, wie er urplötzlich von der Stelle, auf der er lange Zeit wie angewurzelt verharrt hatte, verschwunden war. Er ließ sich aber nicht lange bewundern. »Ich bin hier noch ein Neuling. Ich fange ja erst an. Ich bin es, der von euch lernen muß.«
»Ich bin aber doch überrascht«, sagte Sullivan, der unweit von ihm stand. »In all den zehntausend Jahren hab ich keine Möwe gesehen, die so furchtlos alles Neue erlernen will wie du.« Die anderen Möwen nickten dazu. Jonathan trippelte vor Verlegenheit von einem Fuß auf den anderen.
»Wenn du willst, werden wir uns als nächstes mit der Zeit beschäftigen«, sagte Chiang. »Du wirst lernen, durch Vergangenheit und Zukunft zu fliegen. Wenn dir das möglich ist, dann erst kannst du das Allerschwerste, das Großartigste, das Schönste beginnen. Dann erst kannst du dich dazu aufschwingen, das wahre Wesen von Güte und Liebe zu begreifen.«
Ein Monat verging, oder vielmehr ein Zeitraum, der sich wie ein Monat ausnahm. Jonathan lernte außerordentlich schnell. Er hatte schon sehr rasch Fortschritte gemacht, als er noch aus der praktischen Erfahrung lernte, nun aber, als Einzelschüler des Ältesten selbst, verarbeitete er die neuen Ideen wie ein stromlinienförmiger, gefiederter Computer.

Doch dann kam ein Tag, an dem Chiang endgültig verschwand. Zuvor hatte er noch einmal lautlos die ganze Gemeinschaft ermahnt, niemals das Lernen aufzugeben, unentwegt weiter zu üben und danach zu streben, das vollkommene, unsichtbare Prinzip alles Lebens zu erfahren. Dabei wurde sein Gefieder lichter und lichter und zuletzt erstrahlte es in solchem Glanz, daß die Möwen geblendet die Augen abwenden mußten.
»Jonathan, erlerne die Liebe.« Das waren seine letzten Worte. Als die Blendung der Augen nachließ, weilte Chiang nicht mehr unter ihnen.
Und die Zeit verrann. Immer häufiger mußte Jonathan jetzt an die Erde zurückdenken, von der er einst gekommen war. Hätte er dort unten nur ein Zehntel, nur ein Hundertstel von dem gekannt, was er jetzt wußte, wieviel sinnvoller wäre sein Leben gewesen. Er stand im Sand und fragte sich, ob es dort unten vielleicht wieder eine Möwe gäbe, die ihre Grenzen zu überwinden trachtete, eine Möwe, der das Fliegen mehr bedeutete als nur Fortbewegung zu dem Ziel, ein paar Brocken Brot von einem Fischkutter zu ergattern. Vielleicht war wieder eine Möwe in Verbannung geschickt worden, weil sie gewagt hatte, dem großen Schwarm die Wahrheit zu sagen. Und je länger Jonathan sich um Güte bemühte, je mehr er danach strebte, das Wesen der Liebe zu begreifen, desto größer wurde sein Verlangen, zur Erde zurückzukehren.Trotz der Vereinsamung in seinem vergangenen Erdendasein war Jonathan im Grunde der geborene Lehrer. So gab es für ihn nur eine einzige Möglichkeit, der Liebe zu dienen: Er mußte die von ihm erkannte Wahrheit weitergeben an eine Möwe, die auch die Sehnsucht nach Wahrheit in sich trug.
Sein Lehrer Sullivan war bereits Meister im gedankenschnellen Flug und half den anderen bei ihren Übungen. Er hatte seine Zweifel.
»Du bist früher auf der Erde ein Ausgestoßener gewesen, Jon. Wie kannst du glauben, daß dir jetzt auch nur eine Möwe aus deiner Vergangenheit zuhören würde? Du kennst doch das

Sprichwort: *Am weitesten sieht, wer am höchsten fliegt.* Darin steckt Weisheit. Die Möwen, von denen du abstammst, kleben am Boden und zetern und streiten miteinander. Unendlich weit sind sie vom Himmel entfernt – und da glaubst du, du kannst ihnen von ihrem Standort aus den Himmel öffnen? Sie können doch nicht über ihre eigenen Flügelspitzen hinausblicken. Bleib bei uns, Jon. Hilf den Anfängern hier. Sie sind schon weiter, sie können erkennen, was du ihnen zeigen willst.«
Er schwieg einen Augenblick, dann fuhr er fort: »Wenn Chiang in *seine* früheren Welten zurückgekehrt wäre, wo wärst du jetzt?«
Diese Bemerkung gab den Ausschlag. Sullivan hatte recht. ›Am weitesten sieht, wer am höchsten fliegt.‹ So blieb Jonathan und arbeitete mit den Neulingen, die alle klug und lernbegierig waren. Doch die alten Wünsche kehrten wieder. Immer stärker und häufiger mußte er an die Erde zurückdenken und daß ihn dort vielleicht ein oder zwei Möwen als Lehrer brauchten. Wieviel weiter wäre er selber gekommen, wäre Chiang bei ihm in der Verbannung gewesen.
»Ich muß zurück, Sully«, sagte er schließlich. »Deine Schüler entwickeln sich gut. Sie können dir bei den Neulingen helfen.«
Sullivan seufzte und widersprach nicht länger. »Du wirst mir sehr fehlen, Jonathan.«
»Schäm dich, Sully!« sagte Jonathan vorwurfsvoll. »Sei nicht töricht. Was üben wir denn jeden Tag? Wäre unsere Freundschaft von Raum und Zeit abhängig, dann taugte sie nichts mehr, sobald wir Raum und Zeit hinter uns lassen. Überwinde den Raum, und alles, was uns übrigbleibt, ist Hier. Überwinde die Zeit, und alles, was uns übrigbleibt, ist Jetzt. Und meinst du nicht auch, daß wir uns im Jetzt und Hier begegnen könnten?«
Trotz seines Kummers wurde Sullivan wieder fröhlich. »Du komischer, du verrückter Vogel«, sagte er zärtlich. »Wenn überhaupt einer den beschränkten Möwen auf der Erde Weitblick beibringen kann, dann bist du es.« Er starrte in den Sand. »Leb wohl, Jon, mein Freund.«

»Leb wohl, Sully. Wir sehen uns wieder.« Im Geist sah er große Möwenschwärme an den Küsten einer anderen Welt und Zeit. Aus langer Übung hatte er die innere Gewißheit, daß er selbst kein Wesen aus Knochen und Federn mehr war, sondern die reine Idee des freien Fluges, der keine Grenzen kennt.
Auf der Erde lebte ein Möwenvogel, der hieß Fletcher Lynd. Er war noch sehr jung, doch hatte er schon böse Erfahrungen hinter sich und meinte, daß kein anderer je so hart von seinem Schwarm behandelt, daß niemandem je solches Unrecht angetan worden wäre.
»Mir ganz gleich, was sie sagen«, dachte er wütend, und ihm verschwamm alles vor den Augen, als er auf die Fernen Klippen der Verbannung zuflog. »Fliegen ist doch wichtiger als nur von einem Ort zum nächsten zu sausen. Das kann jede *Mücke!* Eine kleine Rolle in der Luft rund um den Ältesten, nur so aus Spaß, und schon haben sie mich ausgestoßen.
Sind sie denn blind? Können sie sich das Glück gar nicht vorstellen, das richtiges Fliegen mit sich bringt? Mir ganz gleich, was sie denken. Ich werde ihnen zeigen, was Fliegen heißt. Ich breche das Gesetz – sie wollen es ja nicht anders. Das wird ihnen noch leid tun ...«
Da vernahm er eine Stimme, die aus seinem Innern zu kommen schien. Sie tönte ganz sanft und erschreckte ihn doch so sehr, daß er erstarrte und durch die Luft taumelte.
»Denk nicht so hart über sie, Möwe Fletcher Lynd, die anderen haben sich nur selbst geschadet, als sie dich ausstießen. Eines Tages werden auch sie begreifen, eines Tages werden auch sie sehen, was du siehst. Vergib ihnen und hilf ihnen.«
Kaum einen Zoll entfernt von ihm segelte wie schwerelos und ohne eine einzige Feder zu rühren die reinste, strahlendste Möwe der Welt. Mühelos hielt sie sein Tempo, das für ihn schon Höchstgeschwindigkeit war.
Der junge Vogel war völlig verwirrt.
»Was ist das? – Träume ich? Bin ich tot? Was ist das?«

Leise und ruhig tönte die Stimme aus seinem Herzen fort und verlangte nach Antwort. »Möwe Fletcher Lynd, willst du fliegen?«

»Ja, ich will fliegen!« »Willst du es so sehr, daß du bereit bist, deinem Schwarm zu vergeben, da du lernen willst und nur lernen und dann zu ihnen zurückzukehren und ihnen helfen, damit auch sie verstehen?«

Diesem glorreichen, überlegenen Wesen gegenüber gab es kein Ausweichen. So sehr der junge Vogel auch noch an seinem gekränkten Stolz litt, er mußte nachgeben.

»Ich bin bereit.«

»Nun«, erklang es liebevoll aus dem strahlenden Wesen, »dann wollen wir mit dem Horizontalflug beginnen ...«

Dritter Teil

Jonathan kreiste langsam

über den fernen Klippen und sah aufmerksam in die Höhe. Dieser widerborstige junge Fletcher war ein Flugschüler, wie man ihn sich besser nicht wünschen konnte. Er war leicht und kräftig und flink in der Luft, aber weit wichtiger war, daß er nichts sehnlicher wünschte, als richtig fliegen zu lernen.
Da tauchte er auf, ein verwischter grauer Fleck im sausenden Sturzflug. Er schoß an seinem Lehrer vorbei, zog dann unvermittelt wieder hoch zu einem neuen Versuch mit einer vertikalen langsamen Rolle mit sechzehn Umdrehungen. Er zählte die Umdrehungen laut mit. »acht ... neun ... zehn ... Jonathan, Jonathan, die Geschwindigkeit reicht nicht aus ... elf ... ich will-kurze-scharfe-Stops-wie-du ... zwölf ... verdammt-ich krieg's-nicht-hin ... dreizehn ... noch ... drei ohne ... vierzehn ... aaakk!«
Die letzte Drehung schlug durch seinen Ärger und seine Wut über das Versagen völlig fehl. Fletcher kippte nach hinten um, taumelte, trudelte, warf sich wutentbrannt in einen einwärtsdrehenden Kreiselflug und fing sich endlich krächzend einige hundert Meter unterhalb von seinem Lehrer ab.

»Du vergeudest deine Zeit mit mir, Jonathan! Ich bin zu dumm! Ich bin ein Idiot! So oft ich es auch probiere, ich kriege es nicht hin!« Jonathan blickte zu ihm hinab und nickte. »Du wirst es bestimmt nicht schaffen, so lange du so hart hochziehst. Du verlierst zu viel Geschwindigkeit, bevor du die Rolle beginnst. Du mußt weicher sein, Fletcher! Energisch, aber nicht krampfhaft! Denk daran.« Er senkte sich zu der jungen Möwe hinab. »Versuchen wir es gemeinsam, in Formation. Achte genau auf das Hochziehen. Man muß weich und leicht hineingehen.«

Drei Monate waren vergangen. Jonathan hatte inzwischen sechs weitere Schüler, lauter Außenseiter, die aus Freude am Fliegen neugierig waren auf die seltsamen neuen Ideen. Freilich war es für sie leichter, die hohe Kunst zu erlernen, als die Idee zu erfassen, die dahinterstand.

»In jeder einzelnen von uns ist in Wahrheit das Ideal der Großen Möwe, die unbegrenzte Idee der Freiheit«, erklärte Jonathan ihnen abends auf dem Strand wieder und wieder. »Der Präzisionsflug ist nur ein Schritt weiter in der Darstellung unserer wahren Natur. Wir müssen alle Begrenzung hinter uns lassen. Deshalb üben wir Spitzengeschwindigkeiten, Langsamflug und Flugakrobatik ...«

... und seine Schüler schliefen dabei ein, erschöpft vom Tagespensum. Sie liebten ihre Übungsstunden, die aufregenden Geschwindigkeiten, die ihren Hunger nach mehr Können von Stunde zu Stunde erhöhten. Aber nicht einer von ihnen konnte glauben, daß der Gedankenflug ebenso Reales sei wie die Bewegung ihrer Schwingen, die sie durch die Lüfte trugen.

»Der ganze Körper ist von einer Flügelspitze zur anderen nichts anderes als Gedanke«, sagte Jonathan. »Geist in sichtbarer Gestalt. Durchbrecht die Beschränktheit eures Denkens, und ihr zerbrecht damit auch die Fesseln des Körpers ...« Aber was er ihnen auch sagte, es klang nur wie wunderschöne Phantasien, die sie angenehm einschläferten.

Nach einem Monat erklärte Jonathan, die Zeit sei reif, um zum

Schwarm zurückzukehren. »Wir sind noch nicht so weit!« sagte die Möwe Henry. »Man will uns da nicht haben. Wir sind ausgestoßen. Wir wollen uns nicht aufdrängen, wo man uns nicht haben will.« »Wir sind frei, wir können fliegen, wohin wir wollen, und sein, was wir sind«, erwiderte Jonathan. Er hob sich vom Sand ab und wandte sich gen Osten zu den Heimatgründen des Schwarmes. Seine Schüler zauderten. Die Gesetze des Schwarmes erlauben keinem Verbannten jemals die Heimkehr, und noch nie hatte einer sie zu brechen gewagt. Das Gesetz befahl ihnen, zu bleiben; Jonathan gebot ihnen heimzufliegen. Er hatte schon eine große Strecke zurückgelegt; wenn sie noch länger zögerten, würde er allein bei dem feindlich gesinnten Schwarm eintreffen. Fletcher Lynd meinte betont selbstsicher: »Eigentlich brauchen wir dem Gesetz gar nicht zu gehorchen, schließlich gehören wir dem Schwarm ja gar nicht mehr an.«
»Und wenn es zu einem Kampf kommt, müssen wir Jonathan dort helfen.«
Und so flogen sie denn an jenem Morgen von Westen her ein, acht Möwen in einer doppelten Formation; die Flügelspitzen überlagerten einander fast. Pfeilschnell überflogen sie den Versammlungsplatz des Schwarms, Jonathan hielt die Spitze, Fletcher glitt leicht an seinem rechten Flügel dahin, und Henry hielt sich tapfer an seinem linken Flügel. Dann rollte die geschlossene Formation wie ein einziger Vogel langsam rechts ab ... zog gerade ... drehte nochmals ... und wieder gerade. Und der Wind peitschte über sie hinweg.
Das alltägliche Gekrächz und Gekrakel des Schwarms verstummte wie abgeschnitten, als ob die Formation ein Riesenmesser wäre. Viertausend Augenpaare starrten ohne zu blinkern zu ihnen empor. Die acht weißen Vögel zogen nun einer nach dem anderen im steilen Winkel hoch zum Überschlag in ein volles Looping, schwebten durch eine vollkommene Kreisbahn und setzten alle exakt gleichzeitig in einer unglaublich langsamen Landung auf dem Sande auf. Als sei das alles etwas

ganz Alltägliches, begann Jonathan ihre Flugleistung zu analysieren.
»Erstens«, sagte er trocken, »seid ihr alle beim Aufschließen etwas zu spät dran gewesen.« Der Schwarm war wie vom Blitz getroffen. Das sind die ausgestoßenen Vögel. Sie kommen einfach zurück. Das kann es doch nicht geben. Der Schwarm war völlig verwirrt und wie erstarrt. Fletchers Kampfansage bewahrheitete sich nicht.
Ein paar jüngere Möwen krächzten: »Und wenn es zehnmal die Verbannten sind, wo haben die so fliegen gelernt?«
Es dauerte fast eine Stunde, bis der Befehl des Ältesten sich im ganzen Schwarm herumgesprochen hatte: Ignorieren! Jede Möwe, die mit einem Verbannten redet, wird ausgestoßen. Jede Möwe, die einen Verbannten auch nur ansieht, bricht das Gesetz des Schwarms. Immer mehr Möwen wandten ihre graugefiederten Rücken Jonathan zu, aber er beachtete das gar nicht und hielt seine Übungsstunde direkt über dem Versammlungsplatz der Möwen ab. Er holte aus seinen Schülern das Äußerste heraus, trieb sie bis an die Grenze ihrer Kräfte. »Möwe Martin, du glaubst, du beherrschst den Langsamflug? Beweis es. Los. Fliegen.«
Der schüchterne kleine Vogel Martin war tief erschrocken, daß er so in das Schußfeld seines Mentors geraten war. Er mußte allen Mut zusammenreißen und wurde zu seiner eigenen Überraschung ein wahrer Hexenmeister im Langsamflug. Selbst in leisester Brise vermochte er die Schwingfedern so zu stellen, daß er sich ohne einen Flügelschlag vom Sand emporhob und hoch zu den Wolken hinaufsegelte und wieder zurück. Auch die Möwe Charles schwebte auf dem Großen Bergwind so hoch hinauf, daß sie zitternd vor Kälte, überrascht von der eigenen Leistung und überglücklich herunterkam, fest entschlossen, morgen noch höher hinaufzusteigen.
Fletcher liebte vor allem die Flugakrobatik. Auch er überbot mit sechzehn Umdrehungen beim Langsamrollen in der Vertikale

seinen eigenen Rekord. Am folgenden Tag schloß er sogar noch mit einem dreifachen Radschlag ab, wie ein blendender weißer Sonnenstrahl kreiste er über dem Strand, von dem ihn mehr als ein Augenpaar verstohlen beobachtete.
Jonathan war ständig bei seinen Schülern, demonstrierend, beschwörend, antreibend, leitend. Aus Sport flog er mit ihnen durch Nacht und Wolken und Stürme, während sich die Möwen des Schwarms armselig auf dem Erdboden aneinanderdrängten. Nach den Flugstunden ruhten sich die Schüler mit ihrem Lehrer immer auf dem Strand aus, und allmählich hörten sie doch zu, wenn er ihnen seine Ideen entwickelte. Einige klangen ziemlich verrückt, sie verstanden sie nicht, einige aber begriffen sie schon. Mit der Zeit bildete sich nachts ein zweiter Kreis um den Ring der Schüler, ein Kreis aus neugierigen jungen Möwen, die im Schutz der Dunkelheit stundenlang zuhörten. Sie wollten nicht gesehen werden und selbst niemanden sehen und schlichen sich vor Morgengrauen verstohlen davon. Und eines Tages überschritt die erste Möwe aus dem Schwarm die Grenzlinie zum inneren Ring und bat um Aufnahme in die Lehrstunde. Dadurch gehörte nun auch die Möwe Terrence zu den Verbannten unter den Vögeln, war behaftet mit dem Makel des Ausgestoßenen und wurde gleichzeitig der achte Schüler Jonathans.
Eine kranke Möwe gab es im Schwarm, sie hieß Kirk Maynard. Sie watschelte in der folgenden Nacht mit hängendem linken Flügel über den Sand heran und plumpste vor Jonathan in den Sand. »Hilf mir«, krächzte sie matt wie ein Sterbender. »Ich wünsche nichts in der Welt so sehr, wie fliegen zu können ...«
»Dann komm«, sagte Jonathan. »Steig mit mir vom Boden auf, fangen wir an.« »Du hast mich nicht verstanden. Mein Flügel. Er ist gelähmt.« »Möwe Maynard, du bist frei. Sei, was du bist, entfalte dein wahres Selbst – jetzt und hier, und nichts kann dir im Wege stehen. So will es das Gesetz der Großen Möwe, das Gesetz des Seins.« »Willst du sagen, daß ich fliegen kann?«
»Ich sage, du bist frei.« Und Kirk Maynard breitete die Flügel

aus, ganz einfach und rasch und erhob sich mühelos in die dunkle Nachtluft.
Sein Jubel riß den Schwarm aus dem Schlaf. Aus großer Höhe erklang sein machtvoller Schrei: »Ich kann fliegen! Hört, ich kann fliegen!« Bei Sonnenaufgang standen fast tausend Vögel um den Ring der Schüler und starrten Kirk Maynard neugierig an. Sie achteten nicht mehr darauf, ob man sie dabei sah oder nicht, sie hörten dem Unterricht zu und suchten zu verstehen. Jonathan sprach von einfachen Dingen – daß Möwen zum Fliegen da sind, daß die wahre Natur ihres Wesens Freiheit ist, daß sie alles, was dieser Freiheit im Wege steht, abtun müssen, Sitten und Bräuche und jegliche Beschränkung.
»Was heißt abtun?« erklang eine Stimme aus dem Schwarm. »Sollen wir das Gesetz des Schwarmes nicht achten?« »Es gibt nur ein wahres Gesetz, das in die Freiheit führt«, sagte Jonathan. »Es gibt kein anderes.« »Wie kannst du erwarten, daß wir so fliegen wie du?« fragte eine andere Stimme. »Du bist ein Auserwählter, ein Begabter, ein Göttlicher, hoch über allen anderen Vögeln.«
»Seht Fletcher an. Lowell. Charles. Sind sie alle auserwählt, begabt und göttlich? Sie sind nicht anders als ihr, nicht anders als ich. Der einzige Unterschied ist, daß sie ihre eigentliche Natur zu erkennen beginnen und angefangen haben, danach zu handeln.«
Die Schüler trippelten unbehaglich hin und her, nur Fletcher nicht. Es war ihnen noch gar nicht bewußt geworden, was sie eigentlich unternommen hatten.
Die Menge wurde täglich größer, stellte Fragen, bewunderte, beschimpfte.
»Im Schwarm behaupten sie«, erzählte Fletcher seinem Lehrer nach einer Lehrstunde im Geschwindflug für Fortgeschrittene, »wenn du nicht göttlicher Herkunft bist, dann bist du zumindest deiner Zeit um Jahrtausende voraus.«
Jonathan seufzte. Das ist der Preis, dachte er, man wird mißverstanden, wird für einen Teufel gehalten oder für einen Gott.

»Und was denkst du, Fletcher – sind wir unserer Zeit voraus?«
Langes Schweigen lastete. Endlich kam die Antwort. »Die Kunst des Fliegens ist real und jederzeit für jeden erlernbar, dem der Sinn danach steht; das hat nichts mit der Zeit zu tun. Wir sind den anderen vielleicht weit voraus in der Form, in der Art des Fliegens.«
»Das klingt schon besser«, sagte Jonathan und zog schwebend und glänzend seine Kreise. »Das hast du nicht schlecht ausgedrückt.«
Genau eine Woche später geschah etwas. Fletcher demonstrierte vor neuen Schülern die Grundsätze des pfeilschnellen Fluges. Er hatte sich nach einem rasenden Sturzflug elegant abgefangen, schoß ein paar Zentimeter über dem Sand waagrecht dahin. Es war, als zeichne er einen grauen Strich in die Luft. Da geriet ihm ein junger Vogel direkt in die Flugbahn. Es war sein erster Gleitflug, jämmerlich schrie er nach seiner Mutter. Ein Zusammenstoß schien unvermeidlich. Im Bruchteil einer Sekunde verriß Fletcher scharf nach links und prallte in höchster Geschwindigkeit gegen eine Klippe aus Granit. Er empfand keinen Schmerz. Es war, als sei der Felsen ein gewaltiges ehernes Tor zu einer anderen Welt. Er ertrank in einer Woge aus Entsetzen und Schrecken, alles wurde schwarz, dann fand er sich in einem sehr seltsamen Himmel treibend und vergaß, was geschehen war, und erinnerte sich und vergaß, betrübt und bang und traurig und voll Reue. Und da ertönte wieder die Stimme in ihm und neben ihm wie an jenem ersten Tag, da er Jonathan begegnet war.
»Wir müssen versuchen, unsere Grenzen in der rechten Ordnung geduldig zu überwinden. Einen Felsen zu durchfliegen, das ist noch zu früh, das ist ein späterer Lehrstoff.«
»Jonathan.«
»Jawohl, angeblich der Göttliche«, erwiderte sein Lehrer trocken.
»Was machst du hier? Die Klippe? Bin ich nicht eben ... bin ich nicht tot?«
»Ach, du närrischer Vogel. Denk nach. Wenn du jetzt mit mir

reden kannst, bist du doch nicht tot. Was dir da eben geglückt ist, ist nur ein Wechsel der Bewußtseinsebene. Allerdings ziemlich heftig. Jetzt darfst du wählen. Du kannst bleiben und auf dieser Ebene weiterlernen, die beträchtlich höher ist als die frühere, oder du kannst zurückkehren und bei deinem Schwarm weiter lehren. Die Ältesten haben immer gewartet, daß es ein Unglück geben würde, jetzt sind sie zufrieden, daß du ihnen den Gefallen getan hast.«

»Ich will zurück zum Schwarm, selbstverständlich. Ich habe doch mit der neuen Gruppe eben erst angefangen.« »Sehr gut, mein Sohn. Denk daran, was du gelernt hast: Der Körper ist nur der personifizierte Gedanke ...« Fletcher schüttelte verwirrt den Kopf, spannte die Flügel aus und öffnete die Augen. Und er befand sich wieder am Fuß der Klippe. Um ihn hatte sich der Schwarm versammelt. Als er sich bewegte, lief ein gewaltiges Getöse aus Krächzen und Kreischen durch die Menge.

»Er lebt! Er, der schon tot war, lebt!« »Der Göttliche hat ihn nur mit der Flügelspitze berührt. Er hat ihn zum Leben erweckt.«

»Nein. Er leugnet seine göttliche Herkunft. Er ist der Teufel. Der *Teufel,* der die Gemeinschaft des Schwarms zerbrechen will.«

Die Masse der Möwen fürchtete sich wegen der Dinge, die sich zugetragen hatten. Der Schrei *Teufel!* lief wie ein Wind durch die Menge, brauste wie der Sturmwind vom Meer. Augen starrten glasig, scharfe Schnäbel rückten enger zusammen. Mord drohte.

»Möchtest du fort, mein Sohn?« fragte Jonathan. »Ja, es wäre wohl besser.« Im selben Augenblick schwebten sie beide eine halbe Meile weit entfernt, und die scharfen Schnäbel des Pöbels stachen ins Leere. »Warum ist es nur so furchtbar schwer, einen Vogel von seiner Freiheit zu überzeugen«, sagte Jonathan sinnend. »Jeder ist frei und kann seine Freiheit nutzen – er muß sie nur üben. Ist das denn wirklich so schwierig?« Fletcher blinzelte, noch schwindlig vom raschen Wechsel der Umgebung. »Was hast du jetzt gemacht? Wie sind wir hierhergekommen?« »Du wolltest doch

weg von diesem mordlustigen Pöbel?« »Gewiß, aber wie hast du …« »Wie? Genauso wie alles andere, Fletcher. Es ist Übung.« Im Laufe des Morgens vergaß der Schwarm seine Tollheit wieder, doch Fletcher nicht. »Jonathan, erinnerst du dich, was du mir vor sehr langer Zeit einmal gesagt hast – daß man den Schwarm so sehr lieben muß, daß man zurückkehrt und ihm hilft?« »Sicher.« »Ich begreife nicht, wie du einen Mob lieben kannst, der eben noch versucht hat, dich umzubringen.« »Oh, Fletcher, den Mob liebt man nicht! Man liebt nicht den Haß und das Böse, natürlich nicht. Du bist noch unerfahren, du mußt dich ständig bemühen, die wahre Möwe, den guten Kern in jeder einzelnen von ihnen, zu erkennen. Du mußt ihnen helfen, sich selbst zu sehen. Das meine ich mit Liebe. Hat man sie gefunden, dann macht alles Freude. Ich kannte einmal einen wilden jungen Vogel, der hieß Fletcher Lynd. Er war ausgestoßen aus seinem Schwarm, und er haßte seine Artgenossen deswegen und wollte sie bis auf den Tod bekämpfen. Und damit schuf er sich seine eigene bittere Hölle draußen auf den Fernen Klippen. Und heute ist er hier und ist dabei, sich seinen eigenen Himmel zu erbauen, weil er seinen Schwarm auf den richtigen Weg führen will.«

Fletcher sah seinen Lehrer an. In seinen Augen blitzte sekundenlang die Angst auf. »*Ich* – sie führen? Was meinst du damit, daß *ich* sie führen soll? Du bist hier der Lehrer. Du könntest sie nicht verlassen.« »Könnte ich nicht? Zahllose Schwärme gibt es und zahllose ruppige Möwen wie einst jener Fletcher. Meinst du nicht auch, daß sie mich mehr brauchen als diese da, die schon unterwegs sind zum Licht?« »Aber ich? Jon, ich bin nur eine gewöhnliche Möwe, du …« »Bist ein Göttlicher, willst du sagen?« Jonathan seufzte und sah über das Meer hinaus. »Du brauchst mich nicht mehr. Was du brauchst, ist Selbstvertrauen. Finde zu dir selbst täglich ein wenig mehr. Finde die wahre, unbegrenzt freie Möwe Fletcher. Sie wird dein Lehrer sein. Und Jonathans Körper flimmerte in der Luft, erstrahlte und wurde durchsichtig. »Laß nicht zu, daß sie dumme Gerüchte über mich verbreiten oder mich zum Gott erklären. Ich bin nur eine Möwe. Ich liebe das Fliegen, vielleicht ...«

»Jonathan!«

»Mein armer Sohn. Trau deinen Augen nicht. Was immer sie dir zeigen, es ist nur Begrenztheit. Trau deinem Verstand, hebe ins Bewußtsein, was in dir ist, und du wirst wissen und fliegen.« Der Strahlenglanz erlosch. Die Möwe Jonathan hatte sich in Luft aufgelöst. Und ihr Schüler flog schwerfällig auf, wandte sich unter grauem Himmel heimwärts und nahm seine Pflicht bei neuen Schülern auf, die begierig auf ihre erste Lehrstunde warteten. Ernst und bedrückt begann er. »Ihr müßt vor allem verstehen, daß die Möwe die absolute Idee der Freiheit ist, das Abbild der Großen Möwe. Und der Körper ist von Flügelspitze zu Flügelspitze nichts weiter als der Gedanke selbst.« Die jungen Möwen blickten ihn unsicher an. Hallo, dachten sie, das klingt aber gar nicht nach Flugregeln. Fletcher seufzte und wollte noch einmal von vorn anfangen. »Ja – na schön«, sagte er plötzlich und musterte sie kritisch. »Fangen wir mit dem Tiefflug an.« Und indem er das sagte, begriff er urplötzlich, daß sein Freund wahrhaftig nicht um ein Haar göttlicher gewesen war als er selbst.

Keine Grenzen, Jonathan, dachte er. Die Zeit ist nicht mehr fern, da auch ich aus der durchsichtigen Luft heraus auf *deinem* Strand erscheinen und dir zeigen kann, was Fliegen in Freiheit bedeutet. Und obwohl er sich vor seinen Schülern streng gab, sah er sie plötzlich alle so, wie sie wirklich waren. Und was er in ihnen sah, erfüllte ihn über Anerkennung hinaus mit tiefer Liebe. Grenzenlos. Jonathan, dachte er und war glücklich. Der Weg zur Erkenntnis war beschritten, der Kampf in ständigem Lernen hatte begonnen.